AF464418

Écrin Nouveau
de la Lyre Sacrée

A. Houllier

Ecrin Nouveau

de la

Lyre Sacrée

AMIENS
IMPRIMERIE TYPOGRAPHIQUE T. JEUNET
15, RUE DES CAPUCINS, 15
—
1897

Cabriès, Bouches-du-Rhône, 19 Octobre 1897.

Cher Monsieur le Curé,

Je viens de lire avec beaucoup d'intérêt les belles poésies que vous avez eu l'aimable obligeance de m'envoyer. Vous me demandez ce que j'en pense : je suis heureux de vous le dire.

J'ai vu d'abord avec plaisir la gracieuse dédicace qae vous faites de votre œuvre au très illustre Prince Royal de Lusignan pour lequel, vous le savez, j'ai une profonde vénération. Quand on a parcouru ensuite toutes vos poésies, on constate sans effort que le travail que vous dédiez à l'auguste savant n'est pas indigne de son haut patronage. Aussi ne suis-je point surpris des rares distinctions dont il vient de vous honorer : vous êtes vraiment poète et non des moins distingués. Je tiens donc, Cher Monsieur le Curé, à vous féliciter pour votre jolie brochure qui renferme de magnifiques productions. S'il m'est donné de parler en public de votre œuvre, je le ferai certainement à votre louange en toute et sincère conviction.

Comme vous le dites dans votre préface, la religion chrétienne inspire la poésie dans les âmes plus et mieux que le vieux paganisme.

Le lecteur s'en convaincra aisément, en savourant avec délices les pages ravissantes où le souffle du génie chrétien se révèle à chaque ligne, où le charme de la diction se marie aux sentiments les plus nobles et les plus délicats.

Mes vœux pour le succès de votre livre, Cher Monsieur le Curé, me paraissent superflus. Quand on l'aura lu, on voudra le relire, car on vantera le parfum exquis s'exhalant de toutes ses pages.

Vous avez fait là une belle œuvre, et comme elle est bien écrite, elle restera.

Veuillez agréer, Cher Monsieur le Curé, l'assurance de mon respectueux dévouement.

ADRIEN PASCAL,
Chanoine Mitré d'Aquin, Vicaire Général d'Antioche,
Grand Aumônier
de la Maison Royale de Lusignan,
Officier de plusieurs Ordres.

Aux Lecteurs

Sur la lyre décacorde, je chante aujourd'hui les mystères divins et je salue d'abord le Dieu-Hostie faisant son entrée triomphale dans les jeunes cœurs.

Mon second chant sera pour ceux qu'unit la droite du Seigneur.

A la mort, je veux payer ensuite le tribut de nature, me souvenant aussi de ceux-là que les ans ont séparés de nous.

Mais comment ne pas publier les splendeurs du Sacerdoce, dans sa prime floraison, dans son épanouissement ultime, ou bien encore en sa consommation suprême ?

Trois sujets d'hosanna qui n'excluent pas la célébration des saintes douceurs de l'amitié.

Mais il me faut enfler les vibrations de ma lyre pour exalter bien haut les œuvres héroïques, qui nous conduisent enfin à l'Apologétique chrétienne,

Puissé-je avoir prouvé, en ces poèmes sacrés, après les Maîtres ès-art chrétien, que notre Religion souffle la poésie dans les âmes, plus et mieux que le vieux paganisme.

A. HOULLIER,

Chevalier de plusieurs Ordres.

Dédicace

A Son Altesse Royale le Prince

GUY de LUSIGNAN

Grand Maître des Ordres Chevaleresques
de Mélusine et de Sainte-Catherine.

« Pour bailler sa Foi. »

C'est pour « bailler ma foi », Seigneur, que j'ai chanté,
Pinçant avec amour la lyre décacorde.
C'est aussi pour bénir le Prince qui m'accorde
La Croix de Chevalier de l'Ordre tant vanté
Qui sur le mont Sina prend sa fière origine,
Après m'avoir donné la Croix de Mélusine.

I.

Salut à toi, Robert de Lusignan !
Avec les preux, tu calmes l'ouragan,
Qui menaçait sur la montagne sainte ;
Et tu bâtis, religieuse enceinte,

Un abri sûr aux pieux voyageurs,
Que pourchassaient des soldats ravageurs.
Sur le tombeau que ta fidèle épée
Gardait intact — glorieuse épopée —
Germa bientôt un Ordre hospitalier,
Qui prit pour soi le code régulier
Du grand Basile. Illustre et chaste Vierge
D'Alexandrie, à tes pieds brûle un cierge
Perpétuel : le cœur des Lusignan,
Pur et dévot aux reliques d'antan.
Aussi la Croix de Sainte Catherine,
Des Chevaliers décorant la poitrine,
Porte une épée à travers son blason,
Prête toujours à demander raison
Au mécréant, au traître, à l'infidèle.
Des Croix c'est bien le type et le modèle.

II.

Mélusine, à son tour, à l'époux glorieux
De la belle Sybille, offre, mystérieux,
Un avenir constant d'honneur et de richesse.
La fée aux dons royaux décerne à la sagesse
Des descendants fameux le prix de leurs vertus.
Aussi les Lusignan paraissent revêtus

De grâce, de bonté, d'esprit et de science.
Et chacun rend hommage à votre sapience,
Honoré prince Guy, neveu d'illustres rois,
Qui poussèrent jadis le Croissant aux abois.
Elle n'est pas moins belle, aujourd'hui, la couronne
Que vous portez au front ; l'éclat vous environne
De ceux que l'on dit grands par l'esprit, par le cœur ;
Et des maux d'ici-bas vous êtes le vainqueur.
Aux plages d'Orient brille votre lumière
Et l'on salue au loin la grandeur coutumière
De votre charité. Laissez-moi déposer
A vos pieds mes doux chants. Puissent-ils reposer
De ses nobles soucis une âme magnanime,
Avivant à nouveau le souffle qui l'anime !

Fins, 11 Octobre 1897.

PREMIÈRE CORDE

7 Jeux

La Première Communion

I

La 1re Communion d'un Ange

A ma Nièce G. H.

Préposé par Dieu même à la garde du monde,
Un esprit habitait les globes sidéraux ;
Absorbé par le soin de son œuvre profonde,
Il était étranger à nos terrestres maux.
Son regard s'éclairait à de pures lumières ;
Les ondes du bonheur s'épanchaient tout entières
Dans son être ravi de sainte volupté.
Assis au gouvernail des sphères infinies,
Il entendait des Cieux les douces harmonies.
Que pouvait-il manquer à sa félicité ?
Un sort si merveilleux n'avait rien d'éphémère.

. . . .

Un jour pourtant, penché sur l'axe d'un soleil,
Il demeura pensif, inquiet, en éveil :
Il avait aperçu, sur la lointaine terre,
Quoi ? le lait et le miel courant à flots pressés ?
Des fleurs au doux parfum par les vents caressés ?
La rosée embaumant l'atmosphère limpide ?
L'or, l'argent, se pressant aux mains de l'homme avide ?
Ces biens ne touchent pas l'esprit qui vit d'amour.
Il a vu, du plus haut de son brillant séjour,
Le Dieu qui règne au Ciel, foulant l'humaine plage,
Se donnant aux petits, aux grands, au pauvre, au sage,
Sous la forme d'un pain, aliment précieux,
Qui devient le trésor du chrétien glorieux.

Aussitôt sous le feu brûlant d'un nouveau zèle,
Il s'élance vers Dieu, précipitant son aile.
« Seigneur, dit-il, j'ai fait aux champs de l'infini
« Régner l'ordre et la paix sous ton regard béni.
« J'allumais un soleil au lever de l'Aurore
« Et je traçais sa route au brillant météore.
« Le nuage orageux se gonflait à ma voix ;
« Le tonnerre éclatait, je lui dictais des lois !
« Mais aujourd'hui, Seigneur, j'abandonne l'empire,
« Après un sort plus doux voilà que je soupire.
« Laisse-moi m'envoler vers les heureux mortels
« A qui sont réservés des festins solennels.
« Je te vois, ô mon Dieu, ton auguste présence

« Me charme et me remplit d'une divine essence.
« Mais puis-je de ta chair, comme font les humains,
« Nourrir mon cœur avide? Ouvre-moi les chemins!
« Et je vais m'élancer aux rives fortunées,
« Où brillent plus qu'au Ciel de hautes destinées. »

« Esprit, souffle sacré, répondit le Seigneur,
« Je suis prêt à combler les désirs de ton cœur.
« Va donc et glisse-toi sur les marches d'un trône,
« Mets le spectre en ta main, saisis une couronne,
« Car un esprit des Cieux
« Doit vivre glorieux. »

« Non, dit l'Esprit, les grands à l'âme dédaigneuse
« Ne sauraient partager l'agape merveilleuse
« Où l'on voit se presser, les humbles, les petits,
« Rebuts de l'univers, mais par le Christ bénits.
« La richesse m'alarme,
« L'humilité me charme. »

« Sois peuple, je le veux, mon Fils le fut aussi.
« Je répandrai sur toi les dons de la sagesse,
« Plus précieux que l'or et que toute richesse :
« Tu seras devant tous mon oracle choisi.
« Poursuis donc ta carrière,
« Bel esprit de lumière. »

« Quelle sagesse, au prix de la simplicité,
« Saurait donc m'éblouir ? Que de perversité,
« Dans les cœurs qu'a gonflés le vent de la science ?
« L'esprit vain rompt tout frein de juste obéissance.
« Je ne sais que Jésus,
« Le maître des vertus. »

« Esprit, dit le Seigneur, à toi soit la victoire !
« Dédaigne la science et méprise la gloire.
« Mais souviens-toi du moins, prenant un corps [humain,
« Que l'homme sur la femme a le droit souverain.
« Sois homme et sois le maître,
« Apprends à tout soumettre. »

« J'ai vu, reprend l'Esprit, que l'homme trop souvent,
« Sans souci du devoir, refuse l'aliment
« Qui seul peut soutenir sa débile nature.
« Homme, je périrais faute de nourriture.
« Sous les traits d'une enfant,
» Je veux vivre à l'instant. »

Ainsi parla l'Esprit au Dieu qui donne l'être ;
Et Lui dans notre chair aussitôt le fit naître.
Cet esprit t'appartient, Archange Gabriel,
Glorieux Commandeur des milices du Ciel ;
Il a pris de ton nom la forme fraternelle,

C'est lui que les humains ont nommé Gabrielle.
L'heure viendra bientôt où, comblé dans ses vœux,
L'Esprit savourera les mets délicieux
Qu'offre au sacré banquet la table eucharistique.
Il est temps, jeune vierge au front calme et pudique :
Gravis avec amour les marches de l'Autel ;
Approche et prends pour toi l'aliment immortel.
Tes longs habits de lin sont les ailes de l'Ange
Qui fit contre le Ciel un merveilleux échange,
En prenant de ton corps les gracieux contours,
Pour couler ici-bas, parmi nous, d'heureux jours.

Paris, 8 Mai 1879.

II

Quel est le plus beau jour?

A Mademoiselle J. P.

Quel est le plus beau jour,
Pour l'hôte fortuné du terrestre séjour ?

On a vu des guerriers, dans un jour de victoire,
Enivrés de l'encens qu'au temple de mémoire
Un peuple enthousiaste offre aux triomphateurs,
S'écrier dans l'orgueil qui transportait leurs cœurs :
« Ce jour sera vraiment le plus beau de ma vie ! »
Mais le grand Empereur, vaincu du lendemain,
De l'exil a connu le lugubre chemin.
Rien ne consolera son âme endolorie :
Un rocher sur les flots grondants de l'Océan
Servira de royaume au superbe tyran.

La science, à son tour, à la coupe de joie
Trempe une lèvre avide. O bonheur, ô succès !
Archimède a trouvé!.. Sa main trace la voie.
Le savant a gagné sur l'erreur son procès ;
Le monde redira l'œuvre de son génie,
Car devant son regard la nature se plie.
Le jour où le tonnerre a livré ses secrets,
Où l'esprit a scruté les inconnus discrets,
Ce jour — on peut le dire — a brillé comme un astre,
Mais comme un astre en feu, précurseur de désastre.

Pour la foule, la gloire a de minces attraits ;
Les conquêtes de l'art revêtent peu de charmes.
Mais pour ceux que l'amour a percés de ses traits,
Pour ceux dont l'hyménée a pu sécher les larmes,
Arrêter les soupirs en comblant tous leurs vœux,
Il est un jour béni parmi les plus heureux :
C'est le jour où leurs cœurs rayonnants d'allégresse
Ont assumé le joug d'une commune loi.
Mais pourquoi faut-il donc qu'un brouillard de tris-
Vienne obscurcir souvent le soleil de leur foi? [tesse

Il est pourtant un jour qui, tenant ses promesses,
N'a pas de lendemain. Prodigue en ses caresses,
Il flatte les esprits, il embaume les cœurs,
Et jamais son parfum n'a perdu ses senteurs.
Bouquet de tendres fleurs, il conserve sa grâce ;

Rien ne peut le flétrir et le chrétien le place
Sur le trône immortel de ses grands souvenirs.
L'enfant en fait l'objet de ses plus chers désirs ;
Et plus tard, au désert que parcourent les âges,
Il apparaît encor parmi les clairs mirages.

Enfant, n'oubliez pas le plus beau de vos jours ;
Qu'il fasse votre joie et qu'il brille toujours,
Soleil resplendissant, sur votre vie entière.
Marchez à la clarté de sa vive lumière :
Un phare est allumé, lui seul conduit au port ;
Il peut faire éviter les outrages du sort.
Vous tournerez vers lui le regard de votre âme,
Quand dans un ciel d'orage apparaîtra la flamme
Qui renverse et qui tue. Alors, votre cœur pur
Planera comme l'aigle aux plaines de l'azur.

Le Christ Eucharistie,
Soleil, phare et parfum, remplira votre vie.

Paris, 22 Avril 1880.

III

A l'occasion du 9 juin 1887

A Monsieur A. G.

Lorsqu'un enfant apparaît dans le monde,
L'émotion paternelle est profonde ;
Si c'est un fils, la joie est dans les yeux
Et l'on invoque en souriant les Cieux.
Mais attendez le grand jour du Baptême ;
D'amusements il est le plus beau thème.
Résonnez donc, pétards, gais carillons,
Pendant qu'il pleut des sous et des bonbons !

Le baptisé, c'est Alfred qu'on le nomme.
Onze ans passés, apparaît déjà l'homme.
L'Eglise alors l'invite à son banquet,
Lui met aux mains de lis un frais bouquet ;

Et comme il faut la robe nuptiale,
Pour pénétrer dans la salle royale
Où se consomme un mystère divin,
Sous les dehors et du pain et du vin ;
On le revêt de grâce et d'innocence
Et Dieu lui-même avec magnificence
Ouvre tout grands ses trésors précieux,
Comme pour un héritier glorieux.

Le voilà donc, ce jour que l'on salue
Par des désirs brûlants, dont la venue
Comble les vœux d'une famille émue.
On s'en souvient longtemps, longtemps encore,
Après qu'ont fui la scène et le décor ;
Et ce soleil laisse son rayon d'or
Planer sur l'âme en éternelle aurore,
Ouvrant un œil que la nuit ne peut clore
Et qui survit, merveilleux météore,
A tout l'humain idéal ou réel,
Car il nous donne un avant-goût du Ciel.

Viennent des jours éclatants par la gloire,
Dignes d'envie et dignes de mémoire !
Vienne le temps des lauriers de victoire,
Et la moisson dans les champs de l'honneur !
Rien ne saurait égaler le bonheur
Du simple enfant qui vers la table sainte

S'est dirigé, ce matin, dans l'enceinte
Où s'accomplit l'union de son cœur
Avec celui de l'auguste vainqueur.

Nous étions là, nous, tes parents, tes frères,
Nous souvenant de ce que tu vénères,
Le cœur gonflé de douce émotion ;
Nos yeux faisaient notre confession,
Lorsque coulaient des pleurs sur nos visages.
Puisse le Ciel à ces heureux présages
Toujours répondre et combler tous nos vœux
Qui sont pour toi, cher enfant ; car je veux,
En un faisceau rassemblant mes pensées,
Te les offrir, en ces strophes poussées
Comme au hasard de l'inspiration,
Permise à peine à mon émotion.

Amiens, 9 juin 1887.

IV

Emmanuel

(ACROSTICHE).

E mmanuel, Dieu près de nous,
M urmuraient jadis les Prophètes.
M ais le Ciel de son Roi jaloux
A fait taire ces chants de fêtes.
N om glorieux, Emmanuel !
U n jour sur les fonts du baptême,
E t dans un rite solennel,
L 'Eglise a béni le nom même :
D ieu près de nous ! C'est aujourd'hui,
E nfant, qu'éclate le mystère,
R iche et joyeux. Or, dès qu'à lui,
O uvrant les Cieux, dorant la terre,
U n beau soleil ; hôte attendu,
G rand Dieu, vous êtes descendu,
E xauçant les vœux d'une Mère.

Guyencourt 31 juillet 1888.

V

A Marie P.

(SONNET).

Comme une autre Marie, aux pieds de son bon Maître,
Communiait d'amour, le Ciel daigne permettre,
Enfant, que vous alliez aux sources du bonheur.
De ce don précieux connaissez la valeur.

Pour la première fois, quand Il daigna paraître,
Rédemption de tous, le Verbe voulut naître
De la Vierge Marie. A vous pareil honneur,
Enfant, car c'est le Christ qui naît dans votre cœur.

Sur le corps de Jésus épanchez donc le vase
Des suaves parfums. Demeurez dans l'extase
Et le ravissement des visions du Ciel.

N'êtes vous pas venue en la terre promise,
Héritage de l'âme à la vertu soumise ?
Là couleront toujours et le lait et le miel.

Bourbourg, 15 mai 1889.

VI

A Marcel B.

(SONNET).

Seize juin, jour béni, pour vous, jeune Marcel,
Parmi tous vos amis bonheur universel :
Pour la première fois Jésus vient en votre âme,
Répandant les ardeurs de sa divine flamme.

La manne qui tombait sur le camp d'Israël,
Les pains multipliés par un Dieu paternel ;
Qu'était-ce près du don qui justement enflamme
Nos cœurs et met en nous le céleste dictame ?

C'est le pain du prophète allant vers le Seigneur,
Jusques au mont d'Horeb mystique voyageur ;
C'est la Cène suprême et le banquet des frères.

Que dis-je ? c'est le Ciel ici-bas possédé,
C'est le trésor divin aux pauvres accordé,
L'aurore du bonheur, la fin de nos misères.

Bourbourg, 16 juin 1889.

VII

Dieu fait chair

« Verbum caro factum est... »
(Evan).

A Mademoiselle Marguerite M.

« En vérité, disait le Christ à ses Apôtres :
« Vous êtes tous des dieux. » Mais le Dieu c'était Lui,
Lui seul venu d'en haut, supérieur aux autres.
Quel sens ont donc ces mots? Ah! la lumière a lui
Des ténèbres, le jour où la suprême Cène
Révéla les desseins secrets du Dieu d'amour ;
Car le voilà qui change en un instant la scène
Du monde des humains. Créature d'un jour,
Nous étions sous le joug du plus dur esclavage.
Il va nous affranchir, par sa croix, par sa mort ;
Ou plutôt il nous met en sublime servage,
Au sort de Dieu lui-même égalant notre sort.
Voyez plutôt : Il prend dans ses mains adorables

Le pain avec le vin, aliment des mortels,
Et les change en son Corps, en son Sang. Admirables,
Homme, sont tes destins : convive des autels,
Tu ne pourras manger, ni boire, sans te rendre
L'égal des Anges purs qui vivent de voir Dieu.
Que dis-je? De ta bouche il suffira de tendre
Les lèvres pour saisir le Divin. C'est le lieu
De crier au miracle! As-tu compris, mon âme?
As-tu frémi, mon cœur? Ont-ils senti, mes sens?
Un effluve divin en moi répand sa flamme;
Mon cœur bat et c'est Dieu qui l'agite en tous sens;
Ma chair est devenue un vivant tabernacle,
Car je ne suis plus moi, je suis un avec Dieu.

. . . .

Nous avons, ce matin, pris part au grand spectacle
De la transfusion du Divin, au Saint-Lieu.
Tout le peuple attendait, curieux du miracle
Qui devait éclater quand les mots créateurs
Appelleraient Jésus, à la voix de l'oracle
Autrefois proclamé. Ces mots consécrateurs
Retentirent bientôt aux oreilles pâmées :
« Ceci mon Corps, ceci mon Sang. » Puis vint l'appel :
« Viens, viens à l'aliment des âmes affamées;
« Viens empourprer ta lèvre au sang du juste Abel;
« Viens, viens, tu sera Dieu! »

Je te vis, Marguerite,

Quitter ton banc : c'était la terre pour le Ciel.

Tel l'Ange rappelé, que notre exil irrite,
Vole vers l'Empyrée. Au doux rayon de miel
Ta bouche se tendit et tu bus au calice
De toutes les vertus, de toutes les grandeurs.
En te voyant au rang des vierges, dans la lice
Des Épouses du Christ, ta Mère a de ses pleurs
Arrosé tes pieds blancs; mais, bien loin d'être amères,
Les larmes consolaient son veuvage et son cœur;
Car elle disait : « Sur ces plages étrangères
Paraît mon plus doux fruit, mon trésor; et vainqueur
Sort le lis d'innocence au milieu des épines.
Aime beaucoup, enfant qui portes dans ton sein
La grâce, cette mère héroïque. Aux ruines
Du passé, ce fantôme, oppose le dessein
De faire le bonheur de celle qui t'adore,
Comme on adore Dieu..., depuis qu'il est en toi.

. . . .

Et moi, c'est d'une main, crois-le, tremblante encore,
Que j'ai mis sur ta lèvre un pain que notre foi
Nous force à vénérer. Je t'avais préparée;
J'avais orné ton cœur de pureté, d'amour;
J'avais mis l'idéal dans ton âme éthérée;
Et pourtant anxieux au matin du grand jour,
Je cherchais sur ta chair la robe nuptiale,
Avant de t'introduire au festin des élus.
Tu vins, portant au front la couronne royale,
Dans un nuage blanc, et les membres vêtus

De lis dont la blancheur fait éclater les roses
De ton visage fait de boutons printaniers.
Tes pieds semblaient portés par des ailes. Mi-closes,
Tes paupières battaient en face des premiers
Rayons de ce soleil qu'est la divine Hostie.
Tel l'aiglon, face à face avec l'astre du jour,
Tel était ton regard au Dieu d'Eucharistie.
Une larme perlait aux cils, larme d'amour,
Que les Anges jaloux recueillirent sans doute.
N'en verse jamais d'autre, enfant, et le bonheur
Sera ton lot toujours.
Fille chérie, écoute :
— J'ai droit de te donner ce nom plein de douceur —
Aux fastes de tes jours inscris bien cette date :
« Douze Mai, mil huit cent quatre-vingt-quinze. » Et
Que l'on peut la revivre et que rien ne la gâte, [crois
Si l'on sait rester pur. A ce festin de rois
Tu reviendras souvent; au fond de ta mémoire,
Gardant le souvenir de nous tous, tes amis,
De ceux venus de loin pour chanter ta victoire,
De ceux qui près de toi te resteront unis.
Nous t'avons applaudie et nous voulons te suivre,
Aux chemins d'ici-bas, pour te guider toujours,
Jusqu'au seuil d'Empyrée où tous nous irons vivre,
Avec toi, près de Dieu, dans les Célestes Cours.

Fins, 12 Mai 1895.

DEUXIÈME CORDE

6 Jeux

L'Hymen

I

Dialogue-Épithalame

LOUISA — JEAN.

LOUISA.

C'est Mai ! Dans la campagne a fleuri l'aubépine,
Déjà de frondaisons se pare la forêt ;
Dans nos jardins la rose a recouvert l'épine,
Et la flore partout à foison reparaît.
Salut au gai zéphyr, à la douce rosée,
A l'azur, au bleu ciel, à ces soirs enchanteurs ;
A l'aurore, pareille à la jeune épousée,
De pâles lys vêtue. Oiseaux, divins chanteurs,
Célébrez à l'envi l'union de la terre
Avec le doux printemps.

JEAN.

Louisa, que dis-tu ?

LOUISA.

Rêvant à l'idéal, je parlais de mon frère.
C'est lui le doux printemps ; son cœur a la vertu
De répandre à plaisir la chaleur et la vie.
A peine ce soleil a dardé son rayon,
Auprès de lui se lève une fleur, c'est Marie.

JEAN.

Ah ! ma nouvelle sœur ?

LOUISA.

Son aile d'alcyon
L'a conduite au rivage où notre amour l'appelle.

JEAN.

Moi, je l'aimerai bien..., presqu'autant que Maman.

LOUISA.

Comment ne pas l'aimer? Elle est bonne, elle est belle;
Mais la vertu surtout paraît son talisman.

JEAN.

Je voudrais lui parler.

LOUISA.

Eh bien ! que veux-tu dire ?

JEAN.

Lui faire un compliment, lui présenter mes vœux.

LOUISA.

Va donc.

JEAN.

Je crains qu'on trouve en ce cas à redire,
Car je suis ignorant.

LOUISA.

Dis-lui ce que tu veux.
Le cœur est éloquent, mais surtout dans l'enfance.

JEAN.

Apprends-moi.

LOUISA.

Je ne sais.

JEAN.

Je t'offre un beau baiser
En retour.

LOUISA.

Allons, bon! mon petit Jean me lance.
Poëtesse, à mon tour, je vais improviser.
Tu diras un sonnet — sonnet vaut un poème —
Si l'on en croit Boileau.

JEAN.

Tu parles de sorbet ?

Tu dis que je présente un sorbet à la crême ?
Ai-je bien entendu ?

LOUISA.

Retourne à l'alphabet.
Tu ne saisis donc rien ?

JEAN.

C'est à toi de m'apprendre.

LOUISA.

Écoute donc, mon Jean, et tâche à retenir.

JEAN.

A ta voix mon esprit s'efforce de comprendre,
De tes paroles d'or je veux me souvenir.

LOUISA.

Je commence, suis-moi, je n'irai pas trop vite.
A marcher de concert ta Louisa t'invite.

LOUISA — JEAN ensemble.

Jeunes époux, cher frère et tendre sœur,
Soyez heureux ; et que le mariage
Du Ciel si beau soit pour vous précurseur !
Mais que tous deux connaissiez le grand âge !

Louis sera le noble défenseur
De son épouse. Elle, sans alliage,

Lui donnera le plus pur de son cœur,
Sur eux l'Eden étendra son ombrage.

Louisa, Jean, poursuivront de leurs vœux
La grande sœur et le bien aimé frère,
Sur qui le ciel daigne jeter les yeux !

Que le bon Dieu vous donne d'être Mère
De chérubins gracieux comme vous,
Chère sœur, et chéris de votre époux !

Bourbourg, 24 avril 1889.

II

En souvenir du 22 Juillet 1891

Maurice, Ursule,
Recevez mes souhaits sans autre préambule!
Le Mercredi vingt-deux Juillet est désormais,
Aux fastes de vos jours inscrit ; et pour jamais,
Le Ciel a réuni deux existences dignes
De goûter le bonheur. Vous en portez les signes
Certains, dans vos deux noms justement honorés,
Dans les dons si parfaits de vos cœurs éthérés ;
Dans votre piété, votre douceur, Madame,
Cette éducation auréolant une âme
Au sein du Sacré-Cœur. L'époux de votre choix,
J'ai pu l'apprécier, moi son maître autrefois.
Le peuple de Bourbourg justement rend hommage
Aux nombreux rejetons de ce Magistrat sage,

Que nous avons pleuré, cruellement ravi
A l'estime de tous. On rappelle à l'envi
Les services rendus, chers époux, par vos pères,
Unis dans le pouvoir, pour nous rendre prospères
Les jours que nous coulions à l'abri de leurs lois.
Mais vive ce vieillard, race des fiers Gaulois !
Quatre-vingt-dix-huit ans en font la sentinelle,
Vous montrant le chemin de l'honneur ; sa tutelle
Vous a conduit, Maurice, au seuil de votre hymen ;
Vous le remplacerez, s'il succombe, demain.
Maître, pour l'ouvrier, vous serez Providence,
Adoptant pour devise : amour, respect, prudence.
Vous resterez chrétien, dans la tradition
De vos dignes Parents ; votre conviction
Étant faite de foi forte et sacerdotale,
Car des prêtres sont nés de la souche vitale
Où vous allez chercher la vie et le bonheur.
Quoi de plus ? Les époux, s'égalant en valeur,
Nous donnent d'espérer des jours longs et tranquilles,
Et la grâce de Dieu sur deux grandes familles.

Bourbourg.

III

Souvenir du 28 Novembre 1896

(ACROSTICHE).

A vant que de ce jour sonne la dernière heure,
M onsieur, Mademoiselle, et vous tous, mes amis,
A ssis en un festin à nos désirs promis,
R ecevez de mes vœux le bouquet qui demeure,
I l vous est présenté d'un cœur simple et loyal.
E tre heureux est le but de toute humaine vie.
M arie, l'hyménée au bonheur vous convie,
I l ouvre sous vos pas un champ vaste et royal.
C herchez, vous trouverez, a dit le divin Maître. »
H onneurs, plaisir, argent, ne sont que vanité.
E tre aimante, être aimée, ô la félicité !
L e Ciel, sous ces couleurs, à vos yeux va paraître.

E t vous, jeune épouseur, sachez votre devoir.
U ne femme est un ange au foyer de famille.
G ardez-la, laissez-vous garder. Elle est gentille
E t tendre la prison où l'on aime vous voir.
N oël aux jeunes cœurs qui se donnent des chaînes !
E n se liant, tous deux auront la liberté,
G rande, qui se trouve en la force et la beauté.
O le doux sort du lierre au tronc noueux des chênes !
U n jour l'éclair vient-il à sillonner le Ciel ?
B lottis, les tourtereaux se font un arc-en-ciel
E t leurs souffles unis font reculer la foudre...
T oujours aimer, problème adorable à résoudre !

Fins.

IV

Le Noël des Époux

C'était hier Noël. Le chant de délivrance
Au ciel et sur la terre éclatait glorieux.
Dès lors, pour les mortels il n'est plus de souffrance,
Grâce à l'Enfant divin du mal victorieux.

Le Sauveur a brisé la chaîne de l'esclave,
Qu'il appelle son frère et presse sur son cœur.
Sous nos pas libérés désormais plus d'entrave,
Si nous voulons marcher avec le Christ vainqueur.

Mais la femme surtout, par Lui fut affranchie ;
Elle était jusqu'alors la chose de l'époux,
Au foyer de famille où, dans l'oligarchie,
L'homme faisait la loi, maître dur et jaloux.

L'étoile de Noël luit sur la femme libre,
Pour la première fois ; la douce Mariem,
Dans ses bras l'enfançon, aux chants des Anges vibre
Et tressaille, chantant elle aussi Bethléem.

Le père de famille ici se fait connaître,
L'époux selon l'esprit du Testament nouveau :
C'est Joseph, adorant l'Enfant qui vient de naître,
Veillant sur ce trésor, ce sublime joyau ;

Mais aussi sur la Vierge étendant sa tutelle.
Oh! le parfait duo d'amour entre les deux!
L'esprit soumis toujours, le cœur aimant, c'est Elle ;
C'est Lui le dévouement héroïque à ses vœux.

Jeunes époux chrétiens, sur eux prenez exemple,
Puisque le lendemain du grand jour de Noël,
On vous voit unissant vos deux mains dans le temple,
Pendant que les échos chantent : Noël, Noël !

Un jour, entre vous deux, Jésus naîtra peut-être,
Un Jésus aux yeux bleus, au sourire divin ;
Aux foyers vertueux il se plaît à paraître,
Renouvelant toujours le prodige sans fin.

Noël, Noël, à vous, héros de cette fête!
Ainsi qu'à Bethléem les Mages sont venus,
Comme aussi les Bergers, et la joie est parfaite.
De vos nombreux amis soyez les bienvenus !

Fins, 26 Décembre 1896.

V

Le Triomphe du Printemps

(ACROSTICHE).

G loire soit au printemps ! L'hiver a fui morose.
A près la neige c'est le règne de la rose.
S alut au gai soleil, à l'air pur, à la fleur !
T aisez-vous, aquilons qui hurlez de douleur !..
O Nature, le Dieu qui te créa si belle
N ous sourit avec toi. Qui te sera rebelle ?
Q ui ne fera parler son cœur reconnaissant ?
U n nid de passereaux, sur l'arbre renaissant,
E n un jour est bâti ; car bientôt la famille
N ombreuse va venir et dans les bois fourmille
T out l'essaim des doux fruits fécondés par l'amour.
I l tombe du ciel bleu dans les ors purs du jour.
N ouveaux époux, voilà le soleil de la vie,

J eune, qui vous sourit et qui vous fait envie.
E ntrez dans ce printemps, l'hiver n'est plus pour
A u pied de nos Autels, ce matin, à genoux, [vous.
N ous priions le Seigneur de donner à vos âmes
N ouvelle floraison ; car l'hymen de ses flammes
E pure en son creuset les sentiments humains.
C roisez donc aujourd'hui vos âmes et vos mains.
A vous est l'avenir, à vous est l'espérance.
R ares soient désormais les heures de souffrance !
L aissez épanouir vos cœurs en liberté.
I l est doux le joug, quand à deux il est porté.
E nfin, débarrassés des tristes maléfices,
R ecevez l'heureux prix de tous vos sacrifices.

Fins, 27 février 1897.

Les Noces de Cana

A Lucien et Marie D.-C.

A Cana de la Galilée,
Jésus bénit jadis deux gracieux époux.
Idylle à la haute envolée,
Qui rend jusqu'à nos jours les jeunes cœurs jaloux.
En un vin pur l'eau fut changée
Et l'on but un nectar digne de figurer
Dans une Cène auréolée
De richesse et d'honneur... Laissez-moi savourer,
A la mémoire de l'oracle
Qui fit alors surgir les trésors du miracle,
Avec vous, amis, le doux vin
Que le Seigneur vous sert en ce jour d'allégresse,
Et vous promet jusqu'à la fin,
A la table de vie, aimable, enchanteresse.

I

Dans vos esprits le miracle à nouveau
Se fait. Voilà que change le niveau
De vos pensers. Votre belle jeunesse
Se renouvelle et fleurit en sagesse.
On se montrait à l'école autrefois,
Mon cher Lucien, l'écolier qui parfois
Sur ses rivaux montait d'une coudée ;
Puis le jeune homme à la féconde idée
Se déclarait dans des travaux divers :
Tel un Hercule étonnant l'Univers.
On eut bientôt votre juste mesure,
Que vous donnez certes avec usure,
Lorsque la mort, frappant votre maison,
En prit le Chef ; votre haute raison
Suffit à tout. Alors rien en souffrance
Ne demeura. Vous êtes l'espérance
De tous là-bas. Le drapeau de l'honneur
A ferme appui dans votre bras vainqueur.
Et vous, Marie, en la Sainte Famille
Est demeuré, rameau dans la charmille,
Votre doux nom, avec le souvenir
De vos succès présageant l'avenir.
Les parchemins ont pu mettre en vedette
Votre savoir, payant la juste dette

De vos efforts constants et couronnés.
Mais l'un et l'autre, époux prédestinés,
Croyez que l'eau de votre intelligence
Va se changer, dépouillant l'indigence,
En un vin riche et fameux de savoir ;
Quand de l'hymen assumant le devoir,
Vous aurez vu le Christ aux justes noces
Commander à des éléments précoces
Et leur donner la puissante vigueur
Du vin d'esprit qui met l'être en valeur.

II

L'esprit est grand ; mais le cœur, qu'est-ce à dire ?
Le plus beau don, gardons-nous d'en médire.
C'est par le cœur que vous avez vécu,
Jeunes époux, j'en reste convaincu,
Jusqu'à ce jour, sur le sein d'une mère,
Sous le regard attendri d'un bon père.
Telles les fleurs s'ouvrant pour le baiser
Du gai soleil, dardant, pour les griser,
Ses doux rayons, dès la naissante aurore ;
Quand vient le soir, il les caresse encore.
Mais cet amour, c'était l'eau de vos cœurs,
Diffus aussi sur vos frères, vos sœurs.
L'hymen sacré, de son vin sur vos âmes,

Ranimera les ardeurs de vos flammes.
Vous aimerez désormais en héros,
Prêts à donner leur sang avec leurs os.
Et c'est le Christ qui fera le prodige,
Soudant deux cœurs sur une même tige
Et confondant vos souffles, comme Lui
Greffa jadis âme et cœur à l'envi
Sur le tronçon de la divine Église,
Tout son amour. Que l'homme rivalise,
Autant qu'il peut, avec ce saint amour!
Voilà le vin qui brille en ce grand jour,
Douce liqueur à celui qui veut vivre
Et que le Christ à cette source enivre.

III

Aux noces de Cana l'on prit le vin des forts.
La fête d'aujourd'hui couronne les efforts
D'une Vierge nourrie à la table des Anges
Et qui d'un monde impur sut éviter les fanges.
La vertu, la bonté, se peignent sur ses traits,
De la grâce infinie elle a tous les attraits.
Et c'est bien lui vraiment le type du jeune homme,
Franc, loyal, généreux, que partout on renomme;
Celui qui tend la main, forte et douce à la fois,
A sa compagne aimée. A ses côtés, les lois

D'obéissance auront un véritable charme
Et ses commandements, loin de sonner l'alarme,
Susurreront l'amour, le bonheur et la paix,
En retour des présents d'amour et de respect
Que donnera l'Epouse. Un lierre au grand chêne
S'enroule doucement, se forgeant une chaîne
Qui le tienne debout, quand soufflent les autans
Et que gronde l'orage. Ainsi, dans tous les temps,
Sous la loi de Moïse et sous la loi de grâce,
L'une et l'autre veillant au salut de la race,
La femme, obéissante à la vocation
De la nature, mais plus à l'adoption
Du Seigneur qui bénit et consacre les âmes
Répondant à l'appel des doux épithalames.
Que l'acte du Sauveur pour vous ne soit pas vain!
Comme à Cana, prenez, chers amis, le bon vin
Que vous offre le Ciel; qu'il coule dans vos veines
Et passe dans vos cœurs battant aux ondes pleines.
Vivez donc pour l'honneur, soldats à votre rang,
Prêts à donner à Dieu vos jours et votre sang!
Le bon vin germera l'espoir de la famille,
Ce gage de la vie au doux foyer tranquille;
Il fera pour plus tard la gloire des aïeux,
Bénissant le Seigneur avant d'entrer aux cieux.

Sorel-le-Grand, 8 Novembre 1897.

TROISIÈME CORDE

Elégie

A la Mémoire de Marcel

I

PORTRAIT

« *Tu Marcellus eris* ». On le nomme Marcel :
Grand nom chez les Romains, nom saint dans le Missel.
Sa Mère l'attendait, comme on attend un ange,
Mains jointes, yeux ravis par le mystère étrange...
Il parut, doux trésor acheté chèrement
Et devint du foyer le plus bel ornement.
Son regard était fait de deux bleuets lucides
Où l'aurore avait mis ses diamants liquides.
Des lis blancs veloutés s'étalaient sur sa chair
Et dans son être entier transparaissait l'éclair
De la vie aspirée aux sources les plus pures.
Ses traits fins s'esquissaient, véritables épures

Du type maternel, sur son visage frais ;
Pendant que, sur sa bouche, angéliques attraits,
Se jouaient les baisers, tout parfumés et roses.
Il riait au soleil, aux tendres fleurs écloses,
Il riait au ciel bleu ; de son rire perlé
Les notes s'égrenaient, sur son doux nid voilé
De gaze et de dentelle — adorable musique
D'un chérubin sacré pour le divin cantique. —
Son père l'adorait et sur son avenir
Bâtissait des châteaux, superbes, sans finir.

II

LA MALADIE

« Il sera, je le veux...; il sera, je veux croire...»
« Halte-là ! dit le sort, ne chantons pas victoire ! »
Car Marcel est malade. Un mal se répandait,
Dans la ville, semant la terreur ; il soudait
Les anges au cercueil. Mais le mal n'a pas prise
Sur un corps si parfait. O fatale méprise !
C'est du milieu des fleurs, ornement d'un jardin,
Hélas ! que l'ennemi se démasque soudain.
Sur cet agneau le loup s'élance, gueule ouverte,
Et mord à belles dents. L'attaque déconcerte

La bergère fidèle. On ne voit pas les coups,
Le sang ne coule pas. Les tristes contre-coups
Se font sentir au cœur. Sur le rose visage
La pâleur se répand et, funeste présage,
Le petit corps raidit. Bien vite, à la maison
On rapporte Marcel, tout froid comme un glaçon.
Sans retard est mandé le médecin. La Mère
Près de la berce tombe à genoux, bien amère
Est son sanglot. Son fils lui sera-t-il ravi ?
Et l'époux se désole, et l'on pleure à l'envi.
Quatre jours, quatre nuits, se passent dans les transses.
La Mère ne dort pas, malgré les remontrances :
Elle-même s'est faite, auprès de son enfant,
Garde perpétuelle. Et le Père étouffant
Ses larmes, pour ne point aggraver l'épisode
Douloureux, en silence, autour du berceau rôde
Comme un fantôme, osant à peine pénétrer
Au triste sanctuaire où vient de se cloîtrer
Le désespoir vivant dans le cœur d'une femme.
Et cependant faiblit au tendre sein la flamme.

III

LE SECOURS

« Au secours ! Ah ! venez, mon enfant va mourir.
« L'homme ne peut plus rien — A vous de le bénir ! »
Au ministre du Ciel ainsi parla le père.
Le prêtre vint et dit : « Cher ami, crois, espère.
« L'enfant ne mourra pas, nous irons lui chercher
« Le remède efficace. Il nous faut dépêcher ».
Et nous partîmes deux, comme à la délivrance
Allaient les Chevaliers, aux siècles de croyance.
Acheter à prix d'or une source de lait,
Au sein d'une nourrice, et donner le bienfait
De la vie à l'enfant, fut l'affaire d'une heure.
Fiers de notre conquête, à l'huis de la demeure
Nous frappons et l'espoir rentre avec nous aux cœurs,
Car désormais du mal nous nous croyons vainqueurs.
« Il a pris la mamelle, il boit, donc il veut vivre ! »
Tel le cri que l'écho redit de la bouche ivre
Des parents consolés. Et nous nous endormons
Sur ces arrhes d'espoir ; et de joyeux démons
Sous nos yeux font passer l'image dérisoire
Du bonheur, retrouvé dans un rêve illusoire.

Le lendemain fut beau : l'agneau ne souffrait plus
Des morsures du loup. Le flux et le reflux
De la vie en son sein s'établissait sans peine.
On criait au miracle et, penchés sur l'haleine
Du Moïse sauvé, tous croyaient au signal
De ces yeux qui riaient, de ce front idéal
Où jouait la lumière et de ces mains ouvertes
Pour nous prendre les mains, de ces lèvres offertes
A nos tendres baisers, du petit être enfin
Qui paraissait nous dire : « Amis, voici la fin
De mes maux, de vos pleurs. » Notre amour voulut
[croire.
Aux bons cœurs on en fait facilement accroire.

IV

LA MORT

Et le loup, de nouveau, sut rentrer au bercail,
Pendant que notre espoir s'ébrouait au portail.
Cinq jours, l'enfant subit de cruelles souffrances.
O des tendres agneaux terribles endurances !
Ses cris aigus, ses pleurs, appelaient le trépas ;
Et la mort, en effet, venait à petits pas,

Mais sûrement. Bientôt parut l'affreux fantôme.
Il semblait que l'enfant le conjurât, ce gnome,
En lui montrant sa mère aux yeux rougis de pleurs,
Palpitante, étranglée et folle de douleurs.
A la fin, agitant ses ailes séraphiques,
Et fixant du regard les cîmes olympiques,
Notre Ange s'envola. Nos espoirs avec lui
S'étaient évanouis. Et l'aurore avait lui,
Quand sonna pour Marcel cette heure fatidique ;
Mais un crêpe de deuil le voila, despotique,
Condamnant la nature à pleurer avec nous,
Avec la pauvre Mère, écroulée, à genoux.

V

APOTHÉOSE

Or, le tout s'acheva dans une apothéose.
Le front auréolé de l'ange, grandiose,
Appelait comme un culte, un hommage divin,
Car l'enfant n'avait plus désormais rien d'humain.
On l'aurait cru figé dans la béatitude,
Tant ses traits respiraient de simple quiétude !
Autour de ce berceau vinrent des pélerins,
Nombreux, édifiés ; et, par tous les chemins,

Accoururent pressés les dévots du cher ange,
Tous vantant sa beauté, redisant sa louange.
Près du lit glorieux s'amoncelaient les fleurs,
Couvrant d'un doux éclat ce chantier de douleurs.
Enfin, car il fallait dérober la dépouille
A l'air empoisonné d'ici-bas qui la souille,
Quand le cercueil parut, de dentelles orné,
Capitonné d'azur et de soie herminé,
Avec ses anges blancs, guillochés sur la porte,
Et sa croix sur velours que le bleu-ciel emporte ;
Les yeux furent ravis, le cœur se dégonfla
Devant ce merveilleux écrin de l'au-delà.
Vous pouvez maintenant confier la relique
Au riche reliquaire et vers la basilique
Laisser partir celui dont l'âme dans les cieux
Paraît parmi les chœurs des anges radieux.
Et puis, qu'on le dépose au tombeau de ses pères ;
C'est là qu'il attendra, sous des voûtes légères,
Le réveil des humains. Mère, ne pleure pas,
Semble dire Marcel, car l'heure du trépas
Sonne pour les élus le repos dans la gloire.
Tous ensemble, à la fin, nous chanterons victoire

St-Quentin, 4 août 1895.

QUATRIÈME CORDE

Souvenir

Anniversaire

de Monseigneur BATAILLE, Évêque d'Amiens

(Acrostiche)

La terre est un cercueil où tout dort dans la poudre,
On y voit trop souvent se déchaîner la foudre ;
Un matin, puis un soir, et c'en est fait de nous.
Insensé qui se fie à ce destin jaloux,
Sans entrailles, qui rit de l'homme à ses genoux.

Dans les plaines d'azur s'allume un météore,
Enfant d'un Ciel de feu. La nuit le vit éclore,
Sa cendre sur le sol retombe avant l'aurore,
Il s'est éteint déjà !... Le cèdre du Liban,
Redressant sa ramure, au souffle de l'autan,
Elève jusqu'au Ciel son front de vétéran.

B ien faibles sont les coups au géant des montagnes.
A utour de lui, les fleurs, ses timides compagnes,
T rouvent un sûr abri. Mais l'orage a parlé ;
A u loin la foudre gronde et l'astre s'est voilé ;
I l est temps, reculez, habitants de la plaine.
L e roi de la forêt, chassé de son domaine,
L aboure de son front les angles du rocher,
E t l'arbre n'aura plus sa place qu'au bûcher.

E close d'un baiser de la riante Flore,
V ivant d'air pur, la rose en parfums s'évapore
E t dilate son sein dès que paraît l'aurore.
Q uand la nuit de son crêpe a voilé le soleil,
U n souffle froid s'abat, à l'heure du sommeil,
E t la rose a fermé son calice vermeil.

D ieu fait naître et mourir le brillant météore,
A u cèdre comme aux fleurs il mesure une aurore ;
M ais l'homme, sous sa main, est plus fragile encore.
I mprudent qui ne voit les œuvres du trépas !
E nfants, de votre père oyez le triste glas.
N otre Pasteur n'est plus, grande est notre disgrâce.
S a mémoire, en nos cœurs, du moins laisse sa trace.

CINQUIÈME CORDE

Première Messe

Le Triomphe du Sacerdoce

(POÉSIE DIALOGUÉE)

PROLOGUE

Pour le bonheur l'homme est né, c'est certain.
Quoiqu'il en soit du péché d'origine,
Commis, hélas ! dans un passé lointain,
Le cœur humain se souvient, j'imagine,
Du Paradis qui fut son premier lot.
Car toujours brille, étincelant falot,
Le feu sacré qui consume les âmes,
Par des désirs plus brûlants que des flammes.
Même ici-bas, règnent d'heureux destins ;
En attendant les mystiques festins
Où s'assoieront, la bouche inassouvie,
Les bienheureux, pour l'éternelle vie.
Il est donc vrai que l'homme est l'artisan
De son bonheur. Alors, que doit-il faire ?

S'orienter, voilà la grande affaire.
L'un, des plaisirs est zélé partisan ;
L'autre cultive avec fièvre la gloire ;
Le sage enfin préfère la vertu.
Des trois avis lequel faudra-t-il croire ?
Un tel sujet peut sembler rebattu.
Il n'en est rien, car le bonheur de l'homme
Dépend du point de départ et du but.
Résumons-nous : deux principes, en somme,
Sont en présence et nous payons tribut,
Les uns au corps et les autres à l'âme.
Sans dispenser à personne le blâme,
Il est permis de placer en regard
Les arguments de l'une et l'autre École.
Que *Mundanus* — un nom pris au hasard —
Et *Levita* — un nom que je racole —
Devant nous tous soutiennent le combat,
Ouvrant enfin ce curieux débat.

DIALOGUE

MUNDANUS — LEVITA

MUNDANUS

« Le Ciel est au Seigneur, mais la fertile terre
« Aux enfants des humains appartient toute entière. »
Ainsi disait l'Esprit, par l'organe sacré

Du psalmiste David. Les Hébreux le comprirent
Et, jaloux de ses dons, à leur Dieu se soumirent.
Eh ! ne lisaient-ils pas, dans le Livre inspiré,
Qu'ils tenaient de Moïse : « A l'homme une compagne !
« Malheur à l'homme seul ! car l'ennui l'accompagne.
« Croissez, multipliez, aussi nombreux qu'au ciel
« Les étoiles, le soir. Bonheur essentiel !
« Quand sont les rejetons à la table du père,
« Comme les fruits naissants sur l'olivier prospère.
« Ainsi sera béni par la main du Seigneur
« L'homme craignant son Dieu, le dévot serviteur.
C'est donc bien le plaisir qui fait la récompense
De l'homme trop heureux, dès ce monde, je pense.

LEVITA

Dieu, par tout l'Univers, a semé les appas
Et ce qu'il donne à l'homme il ne le reprend pas.
Mais divers sont ses dons, différentes ses grâces.
Le Juif charnel voulait jouir du Paradis,
Dans ce monde fécond en pénibles disgrâces ;
Pour lui donc fut ouvert le livre des crédits.
Le peuple à tête dure était certes le maître
Des destins d'Israël, car le Christ devait naître
Dans le camp d'Abraham. Aussi, pour conserver
Des enfants de Juda la souche précieuse,
Et contre les efforts du mal la préserver ;
Il fallait avant tout proclamer glorieuse

L'aurore sans déclin de la paternité.
Ce que le Ciel voulait c'était l'obéissance
Et non le sacrifice. Ainsi, la jouissance,
Dans les plans du Très-Haut n'est pas réalité.

MUNDANUS

L'homme est né pour jouir.

LEVITA

Non, pas sur cette terre.
Le fond de la vie est la douleur salutaire.

MUNDANUS

Mais alors le bonheur ?...

LEVITA

Il est dans le devoir
Et dans le sacrifice.

MUNDANUS

Aidez-moi donc à voir.

LEVITA

Je ne puis vous instruire, ami, qu'en parabole ;
Pour leçon rien ne vaut l'exemple et le symbole.
Suivez donc mon récit, et vous reconnaîtrez
Qu'ici-bas l'homme heureux connaît le sacrifice
Et qu'il pleure parfois alors que vous riez ;
Mais ses pleurs sont changés, ô divin artifice !
En la plus pure joie. Écoutez mon discours,

Car je vais vous parler sans feinte et sans détours.
Il était un enfant, dans sa quinzième année ;
Son esprit était droit et son âme bien née.
Un prêtre du Seigneur le distingua bientôt,
Un autre le reçut en précieux dépôt.
Bref, au bout de trois ans, élève au Séminaire,
Le jeune Samuel se consacrait à Dieu.
Il nous est revenu prêtre, il est en ce lieu.
— Car je n'ai pas choisi d'exemple imaginaire —

MUNDANUS

Mais s'est-il décidé pour la meilleure part ?
Revenons, s'il vous plaît, à mon point de départ.
Je prétends, en effet — et mon argument brille
De clarté — que le Ciel a mis dans la famille
Les arrhes du bonheur.

LEVITA

La conduite de Dieu,
Sur nous tous, change avec l'état et le milieu.
Par différents chemins il conduit l'homme sage.
Obéir, du bonheur est le plus sûr présage.

MUNDANUS

J'en conviens, il devait, entendant son appel,
Le lévite à son Dieu répondre en assurance,
Acceptant, s'il le faut, le lot de la souffrance.
Ainsi se dévouait autrefois Samuel.

Mais pourtant, quel destin ! vivre seul en ce monde,
Sans compagne à chérir, sans enfants à choyer,
Sans soutiens, sans amis, sans toit et sans foyer ;
Au contraire, lutter contre la bête immonde
De la chair en révolte...

LEVITA

Arrêtez ce discours,
Car il ne convient pas en poursuivre le cours.
Ouvrez les yeux, voyez quelle cérémonie
A nos regards émus étale ses splendeurs !
Avez-vous entendu ces flots purs d'harmonie,
Qui montaient vers le Ciel, faisant vibrer nos cœurs ?
Tout le peuple assemblé se mêlait aux cantiques
Et buvait à longs traits ces heures extatiques
Où la terre n'est plus que le parvis du Ciel.
Noces du temple saint, festin substantiel,
Quel est votre héros ? Vingt-trois printemps à peine,
Et déjà consacré pour la cour souveraine
Des ministres de Dieu ! Ne le croyez pas seul,
Dans la maison du Christ, car voici l'épousée,
C'est l'Église, toujours jeune, fleurdelysée.
Le monde dit qu'il meurt... Mais voyez le linceul
D'or et de lin tissé. Vous le croyez stérile ?
Les âmes près de lui viennent en longue file.
Vous dites qu'il n'a pas d'amis ; mais qui sont-ils
Tous ceux qui sont venus proclamer sa victoire ?

Nombreux sont ses soutiens, au besoin, et virils
Sont les cœurs et les bras. Où donc chercher la gloire,
Ailleurs que dans la lutte ? Un prêtre doit mourir
— Son courage et l'honneur sauront le secourir —
Oui, mourir pour la foi. Mais le plus saint martyre
Est le renoncement, à chaque heure du jour.
Le champ clos des vertus, j'oserai bien le dire,
S'ouvre au jeune Lévite, à qui vient, en retour
Des combats soutenus, le flatteur témoignage
Du devoir accompli. Toujours haut de lignage,
Où qu'il soit né, celui qui se croise en héros,
Pour l'Église et pour Dieu, sans trêve, ni repos.

MUNDANUS

Vos raisons ont vaincu toute la répugnance
De mon esprit rebelle. Aujourd'hui la balance
A penché vers le vrai. L'honneur sacerdotal
Est de tous le plus grand. Sous son souffle vital
S'épanouit le monde. Aux rayons de cet astre,
Qui lui permet de fuir tout danger, tout désastre,
L'humanité se chauffe et s'éclaire au grand jour.

LEVITA

Des pensers de la foi prodigieux retour !
Car je n'espérais pas si vite vous convaincre.
Ah ! je vois maintenant qu'avec Dieu l'on peut vaincre
Les préjugés du monde et les vieilles terreurs,
Semant partout le grain des plus folles erreurs.

Non, le prêtre n'est pas ce qu'un vain peuple pense,
Un égoïste froid, sans entrailles, sans cœur.
Le trop plein de son âme à tous il le dispense ;
Telle on voit une source épancher sa liqueur.

MUNDANUS

La source a des parfums exquis que je respire,
Depuis que mes esprits, charmés et sous l'empire
Des plus doux sentiments, chantent l'Excelsior !
Je n'oublierai jamais, la scène et le décor,
Et le jeune héros de cette grande fête.
Pour toucher tous les cœurs, il suffit qu'il revête
Les insignes sacrés du pontife divin,
Et qu'il monte à l'autel pour offrir la victime.
Prêtre, prends en tes mains le pain avec le vin;
Et nous te rendrons tous l'hommage légitime,
Comme à l'ambassadeur de la céleste Cour,
Comme au représentant du Dieu de l'Empyrée.
Ton nom déjà remplit ce terrestre séjour.
Ta gloire passera le temps et la durée,
Car on dira toujours : « Au bonheur de jouir
Cet enfant préféra le sacrifice austère;
En retour, il reçut le divin caractère.
Le Ciel, brillant et pur, parut se réjouir,
D'accord avec la terre. Au bruit des symphonies,
Des chants et des concerts, suaves harmonies,
Un jour fut célébré, comme il n'est pas de jour;
Longtemps le rediront les échos d'alentour. »

LEVITA & MUNDANUS (ensemble)

Gloire, triomphe, honneur, au noble Sacerdoce !
Que sont, auprès de lui, les arts et le négoce,
Les lettres, la science, et l'éclat d'un grand nom ?
L'histoire a consacré de plusieurs le renom.
Mais c'est sur le granit que s'écrit la mémoire
Des ministres de Dieu, plus hauts que toute gloire.

ÉPILOGUE

Heureux Parents,
Le Ciel vous donna deux enfants.
Mais voilà que l'un d'eux, par ordre de l'Eglise,
Vous est en un jour enlevé.
Cependant, ô douce surprise !
Vous l'avez retrouvé,
Instruisant dans le temple,
Comme autrefois Jésus,
Dont il traduit l'exemple.
Il vous reste, au surplus,
De cœur toujours fidèle.
Vous êtes fiers de lui,
Même quand il a fui
La maison paternelle
Pour la maison de Dieu.
Tout-à-l'heure, au Saint-Lieu,

Il priait pour son père,
Il priait pour sa mère,
Il priait pour sa sœur.
Puissant thésauriseur,
Il payait la rançon de l'âme,
Pour ceux qui ne sont plus.
Aucuns n'étaient exclus.
Le céleste dictame
Des grâces du Seigneur
Apportait le bonheur,
A vous ses amis et ses frères,
Objets de ferventes prières.
Nous, ses maîtres, ses protecteurs,
De ce beau jour heureux auteurs,
Jaloux du cœur qui la dispense,
Nous ne voulons pour récompense
Qu'un sympathique souvenir.
Notre couronne est l'avenir.
Pourvu que Dieu lui prête vie,
Petit' poisson deviendra grand.
Cher ami, votre unique envie,
— Je vous connais, pieux gourmand —
Est de donner à Dieu des âmes.
Vous en ferez ample moisson.
Les cœurs, au contact de vos flammes,
S'embraseront : tel le buisson
Que vit jadis l'hébreu Moïse.

Et puisqu'il faut que je précise,
Je vois un présage certain
De vos succès dans vos mérites ;
Car si règnaient les plébiscites,
L'Episcopat serait prochain.
Mais trêve au jeu de double vue !
Nos vœux, nos cœurs, suivront vos pas.
Avant de finir ce repas,
Qui paye votre bienvenue,
Laissez votre premier Mentor
Crier avec l'accent du cor :
« Qu'il soit heureux ! Choquons nos verres
A sa santé, nous ses confrères,
Que le bon vin a réveillés,
Et dont les yeux se sont mouillés,
Non sous des larmes de tristesse,
Mais par des transports d'allégresse, »

Amiens, 26 Septembre 1887.

SIXIÈME CORDE

2 JEUX

Noces d'Or

I

Cinquantaine de Prêtrise

Alleluia ! Sonnez, cloches de la Chapelle ;
Un double anniversaire aujourd'hui nous rappelle
La victoire du Christ échappé du tombeau,
Et la gloire du Prêtre agitant le flambeau
Des Noces d'or, après juste cinquante années.
Alleluia ! Sonnez, heures si fortunées,
Dans le cloître où grandit l'écho mystérieux,
Faisant vibrer les cœurs, reconnaissants, joyeux.
Alleluia ! Chantons, c'est la fête d'un Père.
Que le présent soit doux et l'avenir prospère,
A celui que décore un long cycle de jours,
Ainsi qu'une auréole ! Il apparut toujours,
Aux brebis du bercail, tel qu'un pasteur fidèle,
Aimant et dévoué, généreux, plein de zèle.

Dunkerque l'a connu. Enfants du Sacré-Cœur,
Vous savez s'il fut bon, votre Aumônier. En chœur
Je vous entends chanter l'hymne de la louange.
Sa main vous dirigea vers le bien, comme l'Ange
Qui conduisait Tobie ; et pendant vingt-neuf ans,
Il fit pleuvoir sur vous la manne des enfants
Nourris par le miracle. Aussi, reconnaissantes,
Vous unissez vos voix, sonores, frémissantes,
Pour dire : « Alleluia ! Vive les Noces d'Or !
« S'il plaît à Dieu, longtemps, Père, vivez encor ! »
A ces voix accourus, les prêtres, les fidèles,
Charmés de vos leçons, ravis des grands modèles
Offerts par vos vertus, vont chanter à leur tour
L'Alleluia qui dit l'ardeur de leur amour.
Si le cloître gardait, à cette heure, un silence
Ingrat ; ces murs diraient, bien haut, sans réticence,
Tout ce que nous devons au saint prêtre de Dieu.
Il fallait un symbole à notre juste aveu :
Les fleurs donc parleront, car des fleurs le langage
Est bien le plus touchant. Recevez-en l'hommage.
Parmi cinquante lis, couronne de longs ans
Voués au sacerdoce, une fleur de printemps,
Une rose, veut dire à tous la flamme ardente,
Pour Dieu, pour le prochain, dans votre âme brûlante.
Au nombre de vingt-cinq, de plus modestes fleurs
Figurent justement le nombre de nos Sœurs.
Enfin du haut séjour saint Florent va descendre ;

Le voilà dans sa gloire et, sans se faire attendre,
Il s'offre à vous, mon Père, avec les dons du Ciel.
Qu'il vous ouvre ici-bas les fontaines de miel !
En attendant qu'un jour, dégagé de la terre,
Vous alliez respirer les parfums du parterre
Où, les roses, les lis, fleuris sur les sommets,
Qu'habite le Seigneur, ne se fanent jamais.

Samedi-Saint 1891 (Saint-Omer).

II

Les Trois Messes

Hommage à M. l'Abbé Lemaire

Curé de Metz-en-Couture.

PRÉLUDE

« *J'ai l'honneur de vous inviter aux Noces d'Or que je vais célébrer le 19 Juillet, le lendemain de la Saint Camille, mon auguste Patron.*

« *En même temps, la Paroisse fêtera l'inauguration de son église récemment restaurée.*

« LEMAIRE. »

Je tenais dans mes mains la bienheureuse épître,
Quand la chaleur me fit tomber sur mon pupitre :
Et bientôt endormi je rêvai tout mon soûl.
Je veux dire mon rêve aujourd'hui jusqu'au bout.

I

LA PREMIÈRE MESSE

Dans un pays voisin de notre Picardie,
Transporté par l'esprit, j'entends la psalmodie
Des chants religieux et le temple, à mes yeux
S'ouvrant, me laisse voir un spectacle des cieux.
Sous la voûte s'avance en longue théorie
Des vierges, du clergé, la noble confrérie.
Fermant le cortège, un prêtre au front radieux,
Son cierge dans la main, apparaît gracieux.
L'or ruisselle sur la blanche robe qu'il porte,
Et c'est l'amour divin qui vers l'autel l'emporte.
Camille était son nom, que j'entends répéter,
Alors que l'*Hosanna* vient sur nous d'éclater,
Par les échos du Ciel et les voix de la terre.
Ces fidèles, ce prêtre, ô glorieux parterre,
Où l'Élu du Seigneur, tel le cèdre au Liban,
Domine de la tête et d'un sublime élan
Semble percer la nue. Or, la première messe
Commence : un nouveau prêtre accomplit la promesse
Qu'il a faite joyeux de se sacrifier,
Comme un autre Sauveur, et de glorifier

Son Dieu par l'holocauste où le cœur se consume,
Pareil à l'encensoir qui dans le temple fume.
Quand est lu l'Evangile, un orateur sacré
Gravit la chaire et là, car c'est le bon Curé,
S'épanche de son cœur, dans l'amour et l'extase,
Tel un parfum de prix qui déborde du vase,
Un discours embaumé de toutes les senteurs
Que la vertu distille. O profanes rhéteurs,
Votre éloquence est pauvre, auprès de ce dictame
Que le prêtre répand à flots pressés sur l'âme,
Pour la sanctifier, l'élever jusqu'à Dieu !
C'était la paix du Ciel, en ce jour, dans ce lieu.
Mais j'écoute et voilà ce qu'entend mon oreille ;
Jamais je ne perçus éloquence pareille :
« Ni prophète, ni fils de prophète, pourtant
« J'entrevois l'avenir et dévoile à l'instant
« Ses arcanes divins. — L'enfant, suivant sa voie,
« Marchera dans la vie, au milieu de la joie
« Que donne le bienfait et sous un Ciel serein
« Au terme parviendra, glorieux pèlerin
« Qui n'a point dévié. — En attendant, l'Eglise
« Le comptera Pasteur pieux qui rivalise
« De zèle avec les Pierre et les Paul de jadis.
« Sous ses pieds consacrés refleuriront les lis,
« Et sa main sèmera des pétales de roses,
« Embaumant tous les cœurs. Approche, si tu l'oses,
« Esprit du mal, et vois le doux triomphateur,

« De l'enfer et du monde aux yeux de tous vainqueur.
« Peuples prédestinés qui le verrez à l'œuvre,
« Dès ce jour, admirez du Ciel le pur chef-d'œuvre !
« Dans la carrière qui le pourra devancer ?
« C'est un prêtre savant qui vient vous annoncer
« Les mystères divins. Écoutez sa parole,
« Inclinez bas vos fronts sous le vivant symbole,
« A genoux devant lui ! Vase d'élection,
« Il répandra des flots d'édification
« Sur les petits, les grands, sur le pauvre et le riche,
« Et pas un coin du champ qui reste alors en friche.
« La bonté, la douceur, tels sont ses attributs.
« Reconnaissance, amour, lui viendront en tributs.
« Pour restaurer le Christ glorieux dans les âmes,
« Quels efforts, quelle ardeur, quelles brûlantes [flammes !
« Il aura par surcroît le zèle intelligent
« Qui relève tes murs avec l'or et l'argent,
« O temple du Seigneur, palais de cette terre,
« Où la foi chante Dieu. Mais puis-je encor me taire,
« Quand je vois, à travers l'azur et les rubis,
« Le soleil décorer les voûtes, les lambris,
« D'une église où paraît l'artistique merveille
« Dans son expression la plus haute. La veille,
« C'était de pauvres murs que l'injure des ans
« Dégradait, des vitraux criblés par tous les vents.
« Des aîtres du saint lieu quelle métamorphose !...

. . . .

L'orateur dit encor, je le crois, autre chose.
Mais moi je n'étais plus au sermon; le réveil
Avait mis de nouveau mon esprit en éveil.

II

LA DEUXIÈME MESSE

Lors, me frottant les yeux, je relus mon épitre,
D'où vinrent les pensers de mon second chapitre.
Je songeai donc comment pourrait bien se passer
Cette seconde messe; et, sans m'embarrasser,
J'en conçus le programme et devinai d'avance
Le fond et les détails, non pas sans clairvoyance.
Et d'abord, l'Évêché d'Arras, représenté
Par quelque Grand Vicaire, avait la piété
De rendre des honneurs au vétéran des âges,
Et qui sait? décernait la dignité des sages,
Quelque canonicat bien placé, sur nos vœux,
Qui ne rencontrerait certes pas d'envieux.
Le corps sacerdotal, le bon Doyen en tête,
Viendrait au grand complet applaudir à la fête.
On y verrait aussi l'élite des Picards,
Pour le Cinquantenaire ayant tous les égards.

A son poste serait le dévoué Vicaire
Qui dispense à ravir un appui non précaire
A son Pasteur aimé. La Paroisse à son tour,
Serait représentée. A quelque troubadour
Incomberait la tâche, à la fois lourde et belle,
De louer le héros, en rime non rebelle.
On jetterait des fleurs sur le brillant parcours
Du cortège et bientôt partiraient les discours
Tout seuls comme arbalète. Au brave abbé Lemaire
Les hommages iraient, depuis Monsieur le Maire
Jusqu'au garde-champêtre. Enfin les cuivres fort
Sonneraient l'hallali, pour le grand réconfort
De la foule attendrie ; et les tambours de battre
A l'unisson, pendant que les chantres à quatre
Entonneraient le *Te Deum* fameux ; alors
Qu'à la broche déjà détiendraient les records,
Poulets et veau farcis, les gigots et le reste,
Pour orner le banquet fraternel et modeste.
Ce tableau quelque peu banal d'un très grand jour
S'offrait à mon esprit ; lorsque, juste retour
De la faiblesse humaine et des chaudes journées,
De nouveau le sommeil aux paupières fermées
Mit le sceau, vers le soir, pour la seconde fois.
Or, ce que je rêvai, sachez-le par ma voix.

III

LA TROISIÈME MESSE

Et la scène s'ouvrit par une apothéose,
J'ai peine à la tracer en une simple glose.
Un autel dans le Ciel se dressait radieux,
Tout de jaspe et d'onix, d'or, d'argent précieux.
Il recevait d'En-Haut la lumière incréée,
Par des astres nombreux diffuse et rayonnée.
Les anges voltigeaient dans le brillant éther,
Qui s'enflamme des feux d'un autre Lucifer.
L'espace s'emplissait de notes d'harmonie,
Dans un vaste concert de la voûte infinie.
Le Très-Haut siégeait au milieu d'une Cour
Qui donne sa grandeur au céleste séjour.
Mais voilà qu'apparaît l'ange du sacerdoce,
Conduisant par la main, héraut divin de noce,
Une âme sœur, épouse à mener à l'autel.
La Messe commença sur un rite immortel.
Le front m'était connu d'un prêtre de la terre :
Son nom, il me fut dit, je ne saurais le taire ;
Camille, Saint Camille, une ombre d'ici-bas,
Dans le divin miroir bien avant le trépas

Projetée à plaisir par le vouloir du Maître
Devant qui tout un jour est soumis à paraître.

. . . .

Quand je me réveillai de mon second sommeil,
Le soleil se levait à l'Orient vermeil ;
Et des cloches tintaient dans l'air pur, matinales,
Annonçant le beau jour, les fêtes triomphales,
Du grand Cinquantenaire ; et je compris que Dieu
Lui-même par leur voix m'appelait au Saint-Lieu.

19 Juillet 1897.

SEPTIÈME CORDE

2 JEUX

Sacre Episcopal

Installation

I

Le Sacre Épiscopal

Toast *(non lu)* de l'Abbé Houllier au Sacre de Mgr DIZIEN

« *Vox populi, vox Dei.* »

Messeigneurs,

Messieurs,

Le dernier parmi vous pourra-t-il, à son tour,
Prononcer quelques mots sans phrase et sans détour?
Un simple prêtre, enfant sorti des rangs du peuple,
Un modeste écrivain, poëte sans écho.
En vain de ses pareils le Parnasse se peuple ;
— Il en faudrait beaucoup pour *tomber Jéricho ;* —
Un simple desservant au milieu des Pontifes,
Chanoines et Doyens... Mes vers en logogriphes

Ne seront-ils pas pris ? Non que la charité,
Dieu merci, ne pardonne au peu d'habileté ;
Non que, dans ce Palais, on ne trouve la trace
Des bontés que répand un Prélat avec grâce ;
Non que Votre Grandeur, ô Monseigneur Ardin,
Cesse de révéler son grand cœur sans dédain.
Mais je suis peuple... Eh quoi ! la voix de Dieu lui-
Parlera par ma bouche en sublime poëme, [même
Dès que je viens chanter l'Evêque consacré,
Le Pontife déjà par nous tous vénéré.
C'est donc au nom du peuple, au nom du grand pro-
Que j'ose m'avancer en ce grand jour de fête, [phète,
Pour clamer aux échos de la terre et du ciel
Ce mot béni, Dizien, pour la lèvre un doux miel,
Pour l'oreille un cantique et pour l'âme une joie.
Le suffrage du peuple a donc trouvé sa voie,
Comme aux siècles de foi, quand il disait : Martin,
Martin Evêque ! Alors, c'était le bulletin
Qui députait un homme aimé vers quelqu'Eglise.
Aujourd'hui, nul besoin que le peuple l'élise.
Celui que Rome envoie est du peuple l'élu.
Quand le nom de Dizien sur le *Forum* fut lu,
Tout Amiens tressaillit de joie et d'espérance :
C'était un nom connu de nous et de la France.
La tombe l'avait dit et vos saints ossements,
Cardinal Bernadou, par leurs tressaillements,
Annonçaient l'avenir. La voix de Léon treize

Mit le comble à nos vœux. Notre beau Diocèse
Ne resterait donc pas orphelin plus longtemps.
Nous ne craindrions plus la rage des antans,
Dès lors qu'au gouvernail paraissait un pilote,
Prêt à conduire au port notre esquif que ballotte,
Là-bas comme partout, le vent impétueux.
Venez donc, Monseigneur, et vous rendrez heureux
Les cœurs de vos enfants, les prêtres, les fidèles.
Nous voudrions vous voir, étendant vos deux ailes
Protectrices sur nous, nous sauvant des vautours.
Gardien de Notre-Dame, au sommet de ses tours,
Vous veillerez, la nuit, le jour ; un cœur de père
Sans cesse veille, même à l'heure où son œil dort ;
Sous ce regard du cœur la famille s'endort.
Voilà donc ce qu'Amiens de votre amour espère.
Le peuple, en attendant, fera monter vers Dieu
La flamme de son cœur et l'encens de son vœu ;
Jusqu'à ce qu'il lui soit apparu, ce visage
Qu'auréolent l'éclat et la beauté du sage,
Ce visage qu'il veut contempler à loisir,
Quand l'heure sonnera, comblant son grand désir.

Sens, 8 septembre 1896.

II

Tu es Sacerdos in æternum

A Monseigneur M., curé de S.

I

HERI

Le Christ était hier, il paraît aujourd'hui,
Il survit à jamais. Dès que l'aurore a lui
Du Divin, à toujours elle est indéfectible,
Ainsi du Prêtre qui, sur terre irréductible,
Confondra dans le Ciel pour l'immortalité
Son être au Christ vivant toute une éternité.
Oui, vous étiez hier, Monseigneur, et l'Eglise
Etait fière de vous. Un terme symbolise
Votre vocation : grand esprit et grand cœur.
Amiens vous a connu beau prêtre et tous en chœur

Chantaient votre louange ; ils gardent la mémoire
De l'orateur fameux en qui l'on devait croire.
Saint-Remi l'a pleuré... Sur les vieux fondements
De l'antique édifice aux simples rudiments,
On aura beau tasser les pierres et les marbres,
Comme en une forêt succèdent aux vieux arbres
Ruineux les grands fûts d'un palais rajeuni ;
Toujours le beau parler du Vicaire béni
Reprendra voix parmi les échos d'éloquence
Dont jadis retentit le temple avec fréquence.
Car l'abbé Malabat, c'était le *vir bonus*,
— Il suffit de le voir — *Dicendi peritus ;*
Donc le prédicateur parfait de la devise.
Mais je vais oublier, pendant que je devise,
Le confesseur prudent, l'ami des malheureux,
Le caractère franc et le cœur généreux.

II

HODIE

Cet homme était hier. Aujourd'hui, qu'est-ce à dire ?
Aujourd'hui, c'est encor, venant de lui sourire,
Escarbotin le grand, qui le fatiguait trop,
Et qu'il fallut quitter, comment dire ? au galop,

Si l'on ne voulait pas sacrifier sa vie.
Que d'Églises verront, certes avec envie,
Venir à toi, Sorel, bienheureux Bethléem,
Un nouveau Jésus-Christ, aimé de Mariem ;
Un Prélat distingué, vêtu de la simarre ;
Il a droit au bougeoir, le violet le pare,
La croix sur sa poitrine avec feu resplendit.
Est-ce assez parmi vous pour lui donner crédit,
Bonnes gens de Sorel ? Ah ! votre humble bourgade
Est noble dès ce jour, et vous montez en grade
Aux yeux de vos voisins. Apprenez désormais
Ce que c'est qu'un bon prêtre et n'oubliez jamais
Le don que le Seigneur vous a fait à cette heure.
Ouvrez lui donc tout grands, vos bras, votre demeure.

III

IN SŒCULA

S ans esprit de retour, votre nouveau Pasteur
Se donne à vous, chrétiens. Vous tenez un Docteur
Qui vous dispensera la science divine ;
Un médecin qui vous connaît et vous devine,
Et portera bientôt le remède à vos maux ;
L'ouvrier qui saura partager vos travaux ;
Le père qui préside au foyer de famille,
Aimant d'un cœur égal et le fils et la fille ;

Un ami généreux vers qui toutes les mains
Peuvent se tendre avec l'espoir des lendemains ;
Un conciliateur de toutes vos querelles,
Capable de changer en tendres tourterelles
Les loups les plus méchants ; un guide, un conseilleur,
Un espoir d'avenir, un gage de bonheur ;
Que sais-je ? un Ange saint paru sur votre terre,
Venant inaugurer la vertu salutaire.
Et celà pour toujours ; car même dans le Ciel,
Quand Dieu sonnera l'heure, il versera le miel
Des bénédictions sur vos âmes souffrantes
Et mettra dans vos cœurs des grâces conquérantes
Qui vous attireront vers le bonheur sans fin
Dont jouit à jamais, l'élu, le séraphin.
En attendant, voici des jours longs et prospères,
Qui s'ouvrent devant nous, ses amis et ses frères.
Grâces soient au Seigneur qui, dans notre abandon,
Daigne nous ménager cet admirable don !
A la vie, à la mort ! telle est notre devise ;
Il ne tiendra qu'à nous qu'elle se réalise.
Aimons donc qui nous aime et faisons, Monseigneur,
Un pacte d'union qui soit notre bonheur !

Cérémonie d'installation de Monseigneur Malabat à Sorel-le-Grand.

17 octobre 1897.

HUITIÈME CORDE

Réunion fraternelle

Non, pas lui !...

NOUVELLE

I

C'était un soir ombreux de Décembre : à la ferme
Du village, on fêtait, en s'ébaudissant ferme,
La saint Eloi. Déjà s'échauffaient les cerveaux
Et les gars trépignaient comme font les chevaux
Ivres d'avoine. Alors, trois, la mine sournoise,
Quittent la compagnie et s'en vont chercher noise
Au premier rencontré, garçon qui par hasard
Prenait l'air à sa porte et regardait, musard,
Les étoiles au ciel. L'un dit : « Voilà notre homme. »
Et, levant son bâton, furieux, il l'assomme.
Le malheureux de geindre : « Au secours, je suis mort ! »
Le second s'apprêtait, héros de malemort,
A l'écraser du pied ; mais le troisième arrive :
« Non, non, pas lui, dit-il ; c'est mon ami, qu'il vive !
« Nous avons fait jadis notre communion
« Ensemble et, ce jour-là, le pacte d'union

« Est signé sur le Christ. » Alors, d'un coup d'épaule
A l'un, d'un bras levé sur l'autre, à tour de rôle,
Il écarte les deux ivrognes assassins,
Dessaoûlés et honteux de leurs premiers desseins.
Or, l'homme qui gisait, grâce à Dieu, sans blessure,
Par leurs soins relevé, reçut avec usure
Des marques d'amitié de ses deux assaillants ;
Pendant que son Sauveur disait, les yeux brillants,
Et le cœur en émoi : « Lui, c'est mon camarade
« De communion. » Et sa main d'une bourrade
Caressante frottait l'échine de l'ami,
Qui n'avait désormais plus le moindre ennemi.

II

Prêtres de vingt-quatre ans bientôt, cette Nouvelle
Est écrite pour vous ; car la mort de son aile
En a déjà frappé trois parmi les meilleurs.
Nous les relèverons, n'est-ce pas, dans nos cœurs ?
Hénocque, Demonty, Bara, furent nos frères ;
Nous avons versé sur eux des larmes amères.
Sur leur tombe, serrons nos rangs ; levons la main,
Et faisons le serment de nous aimer demain,
Toujours ; et, répétant la phrase légendaire :
« Non, de grâce, pas lui, mon ami solidaire ! »

De prêter assistance à quiconque en danger
Nous crierait : « Au secours ! » A nous de protéger
Le faible, l'isolé, l'oublié, que le monde
Hautain voudrait rouler dans la fosse profonde.
Tous l'un pour l'autre enfants d'une Communion
Qui s'accomplit sublime en la Religion,
Ayons même étendard, mêmes armes sacrées,
Et mettons en faisceau nos forces conjurées.
De la fraternité sachons nous enquérir,
Sous l'égalité sainte aimons vivre et mourir.
Dans les têtes, l'orgueil met trop souvent l'ivresse,
La grandeur à son tour consume la tendresse.
Quoiqu'il arrive, amis, il faut se souvenir.
Vanités du haut rang, du superbe avenir,
Disparaissez devant l'union fraternelle !
Voici venu le jour, et l'heure est solennelle,
De serrer les liens autour des cœurs unis,
D'où les pensers amers soient à jamais bannis.
J'ai rêvé que trônaient au firmament céleste
Des soleils glorieux, à l'éclat manifeste ;
Mais j'ai vu que leurs feux, loin de torréfier
Nos humbles horizons, semblaient gratifier
De rayons bienfaisants la nature charmée.
Ainsi luiront peut-être, en notre sainte armée,
Des chefs, astres brillants, devant qui s'incliner
Est un devoir pour tous ; loin de les envier,
Nous leur rendrons l'hommage. Eux, par le droit
[d'aînesse,

Règneront, soucieux, comme dans leur jeunesse,
De couvrir du manteau de douce charité
Leurs frères tant aimés. Point de rivalité,
Et point de jalousie, entre nous, Camarades !
S'il faut distribuer ailleurs quelques bourrades,
Souvenons-nous que « Lui » est à couvert des coups,
Le tendre ami d'enfance, et gardons-le des loups.
C'est un être sacré : « Non, pas lui, c'est mon frère
« Dans la Communion ; nous eûmes même mère,
« Même lait, même toit. Qu'on ne l'attaque pas !
« Car nous le défendrons, nous tous, jusqu'au trépas ».

ENVOI

L'écho de ce serment parvienne jusqu'au Père,
Jusqu'au pieux Évêque en qui chacun espère !
Il Lui dira qu'ici des prêtres francs-picards
Ont pour Lui de l'amour les sensibles égards ;
Qu'Il peut compter sur eux, sur la famille entière ;
Et que, soldats du Christ, debout sur la frontière,
Nous ne permettrons pas qu'on Le touche : « Pas Lui,
Non, non, pas Lui surtout ; car Il est aujourd'hui
De la Communion le trait qui nous rassemble
Et nous donne de vivre, heureux, bénis, ensemble.

A mes chers Camarades d'Ordination 1873

Réunion à Amiens, 20 juillet 1897.

NEUVIÈME CORDE

5 JEUX

Héroïca

I

La Foi aux grandes choses

« *Si tu gardes ta foi, qu'importe qu'elle mente !* »

(AN. FRANCE — *Noces Corint.*)

Pour faire grand, il faut avoir la voix robuste.
Le chêne se croit fort, n'étant que simple arbuste,
Le lion du désert s'admire en sa vigueur,
Et le flot sur la rive apparaît en vainqueur.

Quand les Franks de Clovis triomphaient dans la [Gaule,
Un *Labarum* sacré flottait sur leur épaule,
La foi dans leur étoile enflammait leur ardeur.
Ce grain de sénevé fit germer leur grandeur.

Quel levier soulevait autrefois sur l'Asie
L'Europe frémissante et de zèle saisie ?
L'histoire impartiale a signalé la foi.
L'Islanisme tomba sous cette grande loi.

Jeanne d'Arc à son tour ne bouta hors de France
L'Anglais audacieux ; Charles n'eut délivrance,
Qu'au jour où la Pucelle eut croyance en ses voix.
Sa foi morte, elle aussi tomba sur son pavois.

Bayard, le chevalier sans peur et sans reproche,
Des plus fiers ennemis ne craignait pas l'approche.
Dans sa fidèle épée a vécu son espoir ;
La sentant dans sa main, il croyait tout pouvoir.

Colomb avait la foi, quand il cherchait un monde.
La boussole guidait sa course vagabonde.
Ses compagnons ravis criaient : « Terre ! » Mais lui,
Sûr de trouver enfin, attendait sans ennui.

Nos illustres aïeux, chantant la Marseillaise,
Tenaient haut le drapeau de la gloire française.
Qu'était-ce que ce chant ? Un solennel *Credo*,
Devant lequel croulaient les murs de Jéricho.

Où voulait l'Empereur, marchait sa Vieille-Garde,
Heureuse d'acclamer le Chef qui la regarde
Et daigne prononcer : « Je suis content de vous ! »
Car la foi les rendait et sublimes et fous.

Sages et Conquérants, maîtres de la science,
De leur mission sainte ont tous eu connaissance ;
Ils croyaient au succès, ils voulaient réussir,
Et le soleil sur eux brillait sans s'obscurcir.

Nous n'avons plus la foi qui fait les grandes choses ;
Aussi l'esprit s'endort dans des ombres moroses.
Devoir, patrie, amour, grandeur, tout n'est qu'un nom
Dès lors qu'on ne suit plus le noble gonfanon.

Amiens, 10 octobre 1884.

II

A la Municipalité de B.

ADIEUX DES FRÈRES

Adieu ! Merci !
Pour la dernière fois, vous avez le souci,
Messieurs, de couronner les élèves des Frères,
— C'est le fatal effet des règlements scolaires —
Nos Maîtres vont partir, nous leur disons adieu ;
Nous leur disons merci, nous confiant à Dieu,
Pour les récompenser de leur zèle sans borne.
Notre fête, aujourd'hui, paraîtra sombre et morne,
A qui lit sur nos fronts le deuil et les regrets,
Que laisse un Directeur jaloux de nos progrès ;
Pour qui, nous semblait-il, la loi n'était pas faite,
Et qui reste vaillant, même dans la défaite.

Pour ces Maîtres chéris quel sera l'avenir ?
Ailleurs, la liberté pourra les réunir ;
Ramassant autour d'eux des partisans fidèles,
Heureux de vivre encore à l'abri de leurs ailes
Adieu ! Merci !
A vous, Monsieur le Maire, à Messieurs que voici
Par leur présence prêts à rendre témoignage
Aux Frères qui s'en vont. Votre zèle est le gage
Pour nous de l'avenir. Votre esprit libéral
Nous est, croyez-le bien, un sûr garant moral
De ce que vous ferez pour l'âme de l'enfance,
Qu'on élève surtout par la sainte croyance,
Par le noble idéal qui change tout en or,
Et ravit les esprits jusqu'à l'Excelsior.
Adieu, merci ! Messieurs, que la foi populaire
A faits grands entre tous ; votre main tutélaire
Conduit le gouvernail de la chère Cité ;
Vos lumières sur nous répandent la clarté.
Vous fûtes toujours bons, généreux, pacifiques,
Jaloux de bien mener les affaires publiques.
Votre exemple nous dit qu'il faut aimer de cœur
La France, ce pays préféré de l'honneur.
Nous voyons, grâce à vous, comment la République
Est le règne du vrai, le domaine typique
Où la vertu fleurit, aux rayons d'un soleil
Qui répand sa chaleur sur tous et sans pareil
Dore les horizons de ces peuples de frères

Proclamant l'amitié de leurs voisins prospères.
A cette heure où Cronstadt à Paris tend la main,
Nous sommes rassurés sur le sort de demain ;
Nous sommes fiers aussi d'être enfants de la France
Et prêts à saluer l'heure de délivrance.
Avant que le dernier n'abandonne ce lieu,
Nous leur disons merci, nous leur disons adieu,
Du fond du cœur, à ceux qui surent dans notre âme
Cultiver le devoir, en activant la flamme
Qui fait de vrais héros des plus petits enfants
Et prépare au pays des soldats triomphants.

B. 10 Août 1891.

III

Le Monument de Saint-Quentin

A M. Fernand Halley.

« *Civis murus erat.* »

Sur leur pinacle de granit
Que font ces deux femmes altières ?
Ce glaive, que l'une brandit,
Semble trempé de ses colères ;
Sa bouche jette le défi
Avec des paroles amères.
L'autre, le visage bouffi
Du vin d'orgueil des nobles mères,
Fait claquer l'étendard au vent,
Le fier drapeau de la patrie ;
Car c'est le symbole vivant
De l'honneur, avec le génie

De la France dans les combats
Unis par la sainte vaillance,
Allant au-devant du trépas,
D'un pied ferme, sans défaillance.
Honneur et France vont toujours
Où les verts lauriers se moissonnent.
Saint-Quentin, le long de tes jours,
Les lauriers de gloire foisonnent.
Tes héros, le bronze les rend
Dans la vérité de leurs types,
Aux fastes cloués à leur rang
Et gardés aux riches dyptiques.
Voyez-les, ces preux chevaliers,
Debout, sous le casque et le heaume,
S'offrant à de rudes guerriers,
En fiers défenseurs du royaume ;
Dardant la pointe de leur fer,
Découvrant leur large poitrine,
Aux remparts faisant train d'enfer,
Jusqu'à ce que tombe en ruine
Le donjon qu'ils ont soutenu,
Nouveaux Samsons, de leurs épaules,
Ou rivaux s'étant souvenu
D'Hercule soulevant les pôles.
C'est alors que tout citoyen
Etait un mur. Le granit rouge
Au monument sert de lien,

Pour cette scène où rien ne bouge...
C'était un mur, mur de canons
Où l'artilleur avec sa pièce
Ne fait plus qu'un, et pour jalons
Les bras du chef. Il est en pièce,
Le mur humain, toujours debout,
Avec le fusilier qui tire,
Ajuste, et tire encore à bout
Portant, s'avance et se retire,
Et décime par un tir sûr
L'ennemi réduit à s'abattre
Contre des femmes faisant mur
A leur tour. Horreur de combattre
Contre le sein qui nous nourrit !
Indigné, l'enfant légendaire
Est saisi du juste prurit
De la vengeance et lapidaire
Est l'arme qui brille en ses mains :
La roche fracasse les crânes.
Pleurant les tristes lendemains,
Un moine — ces hommes sont crânes,
Quand il faut —, ce moine brandit
Une lance en sa main crispée ;
Et pour faire peur au bandit,
Il a ceint au flanc une épée.
Mais l'invincible charité
Est là qui panse et qui console

Tes blessures, humanité.
Seule, la science désole ;
Elle est puissante avec l'amour,
L'amour d'un enfant, d'une femme,
Que le Seigneur nous donne, au jour
Où le Cœur saigne, en pur dictame.
Sur le bronze et sur le granit
J'ai lu vos noms, fiers Capitaines,
Héros que la France bénit,
Réservant aux méchants ses haines :
Louis Warlet et de Lallier,
Beaux canonniers et de Lignières,
Entre tous brillant Chevalier.
On devrait vous ceindre de lierres,
Nouveaux triomphateurs Romains :
Colaincourt, ô gloire picarde,
Avec d'Amerval. En vos mains,
Habiles archers, je hasarde
La gloire du grand Coligny.
Mais je sens que je fais injure
Aux braves soldats du pays :
Vous fûtes tous grands, je le jure !
C'est pourquoi vos concitoyens
Vous ont distribué la gloire,
En retour de votre victoire.
Désormais de fermes liens
Au noble passé nous enchaînent.

En vain des envieux déchaînent
La discorde. Soyons unis !
Braves Français sont des amis.
L'an mil huit cent quatre-vingt-seize
Consacre l'union française
De tous dans la paix et l'honneur,
Gage certain de vrai bonheur.
Mais il faudra garder mémoire
De quinze-cent-cinquante-sept ;
Et raisins attachés au cep,
Rester suspendus par l'histoire
Aux plis de l'antique drapeau
Que Saint-Quentin vit noble et beau.
Comme le monument des braves
Libre s'élance dans l'azur,
Dans nos cœurs délivrés d'entraves
Vouons un culte saint et pur
A la bravoure, à l'héroïsme.
Et guerre soit à l'égoïsme
Des sans-patrie et des sans-cœur !
C'est vainement qu'il nous menacent ;
De leurs bravades tous se lassent.
Le pays sortira vainqueur.

Saint-Quentin, 22 Septembre 1896.

IV

Sonnet à Mélusine

Hommage à Son Altesse Royale le Prince
GUY de LUSIGNAN.

D'Empereurs et de Rois la poussière brillante
Jonche le sol, depuis des siècles écoulés ;
Et partout les débris des trônes écroulés
Marquent la place où fut une gloire éclatante.

Tels sont tes coups fameux, ô fortune inconstante !
Avec les Lusignan les cœurs sont consolés :
Tant de grands noms jadis par l'histoire épelés
Ont rendu leur mémoire à jamais palpitante.

Les Princes du génie ont à l'envi chanté
Chypre et Jérusalem et l'antique Arménie,
Et leurs illustres Rois, maîtres sans tyrannie.

Planant avec ces dieux, mon esprit enchanté
Vole vers le rivage où régna Mélusine ;
Car c'est là que du Ciel l'âme est la plus voisine.

Fins, 21 août 1897.

V

A Saint-Martin

PATRON DE LA FRANCE

Chant National

CHŒUR — INVOCATION

Grand Saint-Martin, écoute la prière,
Qui monte avec nos chants au séjour glorieux.
Vois un peuple fidèle entourer ta bannière,
Te jurant un amour pieux.

I

Au seuil d'Amiens l'implore avec des larmes,
Au nom du Christ un pauvre demi-nu.
Mais, pour ce frère au sanglot continu,
Martin n'a plus qu'un manteau, que des armes.

II

Faisant deux parts de sa cape de guerre,
Il donne l'une et, de l'autre vêtu,
Se montre aux siens, ô sublime vertu !
Insoucieux des pensers du vulgaire.

III

La nuit suivante, apparaît dans sa gloire
Jésus disant : « De ce manteau d'honneur
« Je fus couvert par Martin, mon sauveur.
« Catéchumène, à toi soit la victoire ! »

IV

Dans la mêlée, au fort de la bataille,
On le verra toujours brave et sans peur,
Ce chevalier de la foi, ce vainqueur,
Des fiers Gaulois citadelle et muraille.

V

Car le voilà, le Patron de la France,
Qui la soutient au milieu des combats.
Sa crosse d'or nous protège ici-bas,
Et son nom vibre en nos cris d'espérance.

Fins, 11 Novembre 1897.

NOTA. — Ce chant a été mis en musique par l'auteur sur une composition de Gounod en l'honneur de St-Augustin.

DIXIÈME CORDE

Apologétique

« Et Caïn, père des hommes qui souffrent, cria vers Dieu : « Je t'égalerai, car je tuerai. »

« Je trouve beau l'orgueil de tenir tête, en détruisant, à ce Démolisseur de chaque jour, féroce, que les claires petites filles des processions couvrent de cantiques et de roses. Et je ne sais quoi me réjouit funèbrement à l'idée de la guerre, comme d'une rivalité mystérieuse qui me venge, moi homme, de ce que l'Inconnu, depuis tant de siècles, fait souffrir aux hommes. »

« Georges D'ESPARBÈS. »

(*Extrait du* Journal, *24 Mars 1895*).

La Revanche de l'Amour

A M. G. d'Esparbès.

Pour imiter Caïn, le premier homicide,
Vous appelez la guerre ; et, nouveau déïcide,
Escaladant le Ciel, comme les vieux Titans,
Vous voulez frapper l'Etre, au milieu de ses ans
Eternels...; parce qu'Il n'aurait créé la vie
Que pour servir de proie à la mort. Quelle envie
Vous prend d'exterminer, avant que le trépas
N'ait marqué sa victime ! Attendez que ses pas

S'arrêtent sur le seuil et qu'il brise la porte
Qui doit céder enfin. Mais non, il vous importe
De frapper avant tout le doux et juste Abel.
Et par là, vous croyez, soumis à son appel,
Egaler les fureurs de l'inique Nature ;
Dans un même tombeau jetant la créature,
Avec le Créateur. Vous voulez faire grand :
Faucher un peuple entier, une armée à son rang ;
Pour qu'on dise de vous : il a tué plus d'âmes
Que la foudre et la peste et le fer et les flammes,
Plus que les vibrions saturant l'air impur,
Plus que l'onde perfide et scellant comme un mur
Ses flots sur les vivants, et plus que l'incendie
Qui dévore en grondant, plus que la perfidie
Des traîtres se glissant, dans la nuit, un poignard
A la main, qui caresse et frappe de son dard ;
Plus que les éléments conjurés contre l'être
Avec le noir néant où doivent disparaître,
Peuples, individus, siècles, gloire et grandeur...
Quand vous aurez atteint ce comble de hideur,
Il ne restera plus qu'à conjurer l'abîme
De fermer à jamais sa porte sur le crime,
Et rien ne sera plus.

Mais abîme et néant
Ne sont pas. L'Être seul, dressé sur son séant,
Les anime et répand autour de lui la vie.
Vous n'avez pas compris qu'au réveil il convie

L'ombre qui sommeillait. Il les fit immortels
Tous ceux qu'Il anima ; sa droite les fit tels
Que Lui-même. Il est vrai que l'être humain prélude
A l'immortalité. Ce monde est une étude
Du Ciel. Après l'essai, le choix définitif,
Et l'œuvre après l'ébauche. En ce monde fictif
Nous apprenons à vivre. Or, l'existence pleine
N'existe qu'au delà. Qu'importe que l'haleine
Des vents fasse courber le chêne glorieux,
S'il doit s'épanouir à la fin dans les cieux !
Qu'importe que le corps, chenille triste et grise,
Se décompose un jour ; si la suprême crise
Arme le papillon d'ailes qui dans les airs
Le porte jusqu'à Dieu. Homme, brise tes fers !
Te voilà libre enfin. Abel, qui ressuscite
Pour la gloire, se rit de la haine qu'excite
La jalousie. Et toi, Caïn, garde à ton front
Le sceau du fraticide, en éternel affront.
Un autre Abel encore a choisi le supplice.
Il se nommait Jésus ; son âme eut pour complice
La volonté de Dieu. Avant que de mourir,
Il nous apprit, doux Maître, à son dernier soupir,
Qu'il faut tout pardonner. A son divin exemple,
Les chrétiens ont dressé sur cette terre un temple
A l'amour et loin d'eux chassé le désespoir,
Disant : « Il faut souffrir, au Ciel est notre espoir. »
Sont-ils sages assez ? Zénon le philosophe

Est de loin dépassé. Du mal la catastrophe
Est bien un mal pour eux, mais un mal que leurs vœux
Appellent comme un gage.
                                        Amour, fais des heureux !
Loin des esprits, des cœurs, le blasphème et la haine !
Il est passé le temps des géants à la chaîne
Et soumis au vautour qui les rongeait au cœur,
Pour avoir déclaré la guerre au Dieu Seigneur.
Les Anges ont chanté : « La paix soit sur la terre ! »
Les échos de ce chant rien ne saurait les taire,
Ils éclatent partout.
                                        Je veux bien adorer
Le Dieu de Sabaoth : Plus doux est d'honorer
Le Dieu d'Abel, le Dieu qui jadis de la tombe
Est sorti triomphant. S'il faut que je succombe,
Au moins le ferme espoir de revivre à jamais
Me viendra consoler. O mort, je me soumets
A tes sombres arrêts ; car j'aime et je sens battre
Mon cœur au renouveau. Rien ne saurait m'abattre,
Même l'illusion ; car j'en vis ici-bas
Et son espoir divin adoucit le trépas.

Fins, 26 Mars 1895.

Tabula de la Lyre décacorde

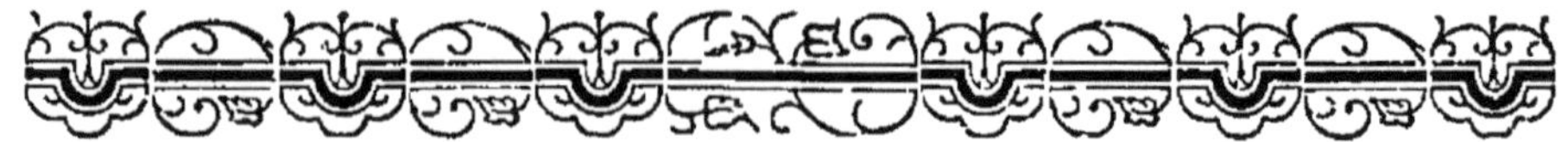

Tabula de la Lyre décacorde

Première Corde — 7 Jeux

LA PREMIÈRE COMMUNION

Deuxième Corde — 6 Jeux

L'HYMEN

Huitième Corde

RÉUNION FRATERNELLE

Neuvième Corde — 5 Jeux

HÉROÏCA

Dixième Corde

APOLOGÉTIQUE

5655 — AMIENS, IMP. T. JEUNET.

JEVNET. EDIT

www.ingramcontent.com/pod-product-compliance
Ingram Content Group UK Ltd.
Pitfield, Milton Keynes, MK11 3LW, UK
UKHW012224240726
13966UKWH00003B/949

9 782011 781413